丈六《ちやうろく》

柳宣宏
歌集

砂子屋書房

＊目次

装本・倉本　修

歌集　丈六

ぢやうろく

二〇一五年

春の雲

十粍《ミリ》に足らぬ幼き葉のうへにすでに美しき葉脈のあり

感冒におかされし妻臥《こや》るらむ図書室の窓に時雨るる見やる

おむすびを一つ食べたと病む妻の携帯のこゑホームに聞きぬ

風の音寒き林をこの足に歩む平凡をかさねてあゆむ

春の雲うかぶ林の空遠く不二に礼《ゐや》をす見当つけて

両足に立つ大いなる喜びをゴータマ・ブッダ説きたまひけり

春の雲うかぶ下なる特養の椅子に坐りて母眠るらむ

母親が忘れはてたる息子として喉に閊へぬプリンを食はす

勤務

担任の若きひまはりのワンピース長き廊下を大股にわたる

グラウンドを歩幅にたしかめ測りゆく授業の前の体育教師

前列の生徒にわたすプリントがさざ波のごとくうしろへ伝ふ

新卒の教師にあへて言ふことなし言葉遣ひのわれよりもよし

瓶詰めのソースをしまふ袖机上から二段目がときにつかへる

小袋の海苔など破りコンビニの蕎麦を手繰りぬ六時間目は

足どりのたしかに歩む生徒を見つカウンセリング・ルームへ行くを

低音の高三の女子「いもうとにインテリやくざと言はれてをります」

腐食

内側から腐つてゐると地下よりの配管工のこゑにたぢろぐ

にんげんのくさい臭ひは内側より出づと中吊り広告が言ふ

飢うるなく殺さるるなき日日を生き恥の多くは金にまつはる

忘却

一歌集に撃ちてし止まむをくり返す斎藤茂吉すらさうだもの

山西省野火夏の花火垂るの墓茨木のり子忘るる勿れ

玄関に木刀を立て敵襲に備へし父に何をか言ふべき

勝つたならもつと軍人が威張つたよ、ああ嫌だねと母は語りき

新盆の提灯掲ぐる家あれど戦死者のなき夏をし迎ふ

海辺にて

小走りに橋を渡れる隊列の不ぞろひにゆくさまぞ楽しき

しろたへのパナソニックの冷蔵庫うちあげられし浜にやすらぐ

少年が浜辺に高く竹を立ついまの君にはそれでいいんだ

京浜急行

しくじりし会議を終へて乗る電車うしろ五両は忘れてください

神奈川県に生まれ育ちてお盆には故郷に帰るといふことのなし

友引に敏感なのは和尚さんと学生募集担当者われ

羽田線に穴守稲荷駅大師線に川崎大師駅京急にあり

大門の駅にかの日も乗り換へつ高見盛のあはれ負けける

わが妻は第二十九班班長にて町内会の精鋭らしき

六月の暦の予定にバツがつく海岸清掃に妻ゆかぬらし

二〇一六年

冬日家居

こまごまとしたるを集め巣を作る家族の暮らし樹の上にあり

夕暮れを帰る路地裏寒いから甘酒煮るといふこゑを聞く

水飲みにひとり来たれり夜の更けの冷蔵庫とはひかりの泉

嫁ぎける娘の部屋に抜け殻のハンガーの列ながめては出づ

屋根のうへ小春日和に三毛猫がまなこ細めて股間を舐める

御雑煮の椀のうちより山道の紅き紅葉の麩を摘みて食ふ

梅干しの固く赤きを齧りつつ心がはれるといふことがある

先輩はありがたきかな、なあヤナギ、咲くと思はず花は咲くんだ

あたたかいご飯と赤いめんたいこ艱難辛苦を乗り越えてやる

タンポポ

ふんぎりのつかないうちに土手の上いたるところにタンポポが咲く

プロパンを担ひて下りてくるひとり片をつけたといふ顔である

それにつけてもヒトは悩むのが好きである風呂に浸かつてまた考へる

沢庵を選びて帰る道すがらあの野沢菜も買ふべきだつた

肉屋へと寄り道をしてふたつ買ふ春のキャベツの沢山メンチ

鋳

リストラといふことなんだなまつ黒な櫟の鋳を指もてたどる

リストラの身とはいへども病なきわれは吸ひこむ杉の香りを

ジャカルタの水にあたつて苦しみしそれも仕事の花の日々かも

忘れめやスープの皿よりつまみあぐタツノオトシゴ香港の夜

台北の町職人に誂へしスーツも綻ぶ春としなりぬ

崩れむとして崩れざる川岸の鋳割れを見つほとりに立ちて

雑巾でトイレのタイルを拭くときは一心不乱に目地を拭くべし

塵芥《じんかい》を畳のうへに拾はざる電気掃除機に堪へて叱らず

あゆみは長女である

向うからあゆみの来れば電球が胸のあたりに点る気がする

つらいからやさしくなれると独りごち武田鉄矢であつたと思ふ

春の海広き浜辺に見て坐る席がなくなる身分となつて

ユニクロのTシャツうしろまへに着てなにごともなし夕日が沈む

人事

日に灼けし紙が壁から剝がれ落つ　四十年も勤めればなあ

じぶんから「先生は」つて言へなくて四十年を閲してきたり

ネクタイに醤油のしみを発見す「気づかぬうちに」と詫びて去るべし

よくもない頭の中で恨んだりしてゐるうちに木の芽が芽吹く

山の気はまだ冷たいが木の芽どちいましばし待て春風が吹く

前になりしりへになりて飛ぶ鷗一列にして序列のあらず

朝早くならびて妻の求めける峠の釜めしにまづ一礼す

道ばたに棄てられし草の悲しみを頒てるひとになれたかもしれぬ

解決や答へぢやなくて山裾の桜が蕾む春のことぶれ

退職をするわがためにいぶかしや出世大黒天に手を合はす妻

京都へ旅す

清水に凶を引きけるお神籤を高台寺にてひきもどす吉

母さんも大変なのよと階段を下りしなに言ふ末の娘が

はじめての空へ飛びたつをののきを相田みつをは　にんげんだから

母の死

なだらかにグラフの線が右へ落ち苦しみのなく母は逝きたり

口紅の若々しかる美しき高き鼻梁の母は目を閉づ

胸元にくれなゐの薔薇棺なる母さん約束は忘れてないよ

棺なる母のひたひにひたひ寄せ思ひもかけず泣き崩れたり

塵取りにあつめし灰を壺に納め母の人生は蓋を閉ぢたり

むらさきが好きだつたなあ山の藤母見るごとく沢のべに立つ

母と妻お茶飲んでゐたテーブルにありしポピーが道のべに咲く

母さんの好みし花がひとつあり五月になればその花が咲く

母の逝きて

木の陰に坐りて涼む老いびとに会釈を交はす目と目の合ひて

卓袱台に鰈の煮付けの皿ありてちちははもゐるまなこ瞑れば

山裾に湧きたる鉄《かね》の赤き湯に幼きわれは母と浸かりき

ハンバーグわれに食はせて父は酌む洋食店の白き徳利

「てやんでえ、何をぬかす」と里見弴の小説にありころに出して読む

小上がりの店の奥よりもれ聞こゆ「よさないかい」と男のこゑは

夏されば

鉄砲の弾丸《たま》のひとつも撃たせてから死なせよと言ひき阿佐田哲也は

水槽に眼の飛び出たる金魚ゐて原爆忌あり原発忌なし

原爆をいつか製造するために原発関連事業はあらむ

節電をしなくつたつて原発は要らないといふ説を信じる

ゴキブリの死後硬直を広島忌掃きつつ思ふ次はどこだろ

朝飯を福神漬けで食ってから友よ、デモにも行ったりしたな

身体ごとデモにぶつけていったつけどんな言葉も嘘くさくって

砂浜に模様を残し過ぎ去りぬサン・テグジュベリ言ひしごとくに

二〇一七年

きぶしの花

昼時雨過ぎて去りにしローソンの駐車場前埃がかおる

空つぽの回送なれば大型のバスはひかりを満たして走る

冬枯るる丘に見下ろす屋根といふ屋根ことごとくひかりを返す

道角の電柱赤く夕焼けすお母さんとは日日《かか》さまのこと

正気なる母の最期ぞ「さちこさん、わかつてゐるわ。ありがとうね」

さきがけてきぶしの花の咲くころは道ゆくをんなのひともまぶしい

春の日の差すれすとらんの窓際に菊正酌めば父に近づく

饅頭に捏ねて遊びし春の土汚るることを喜びとして

この星は生まれて四十五億年まだ若いなあと口に出してみる

新任校

スリッパを履きて躓く階段の多き学校に明日より勤む

のぞきこむ·iフォンに見る蕗の薹雪の箱根の宮城野の春

本校は箱根駅伝名物の渡辺ベーカリー製シチューパン売る

踊り場に硫黄の匂ふ本校はいで湯の街の小さき女子校

「おはやう」に「ごきげんやう」と応えくるなにはともあれセーラー服佳し

「それくらいやってください」うら若き花歩先生は夏の涼かぜ

指先に熱くみなぎる感じがす箱根連山に雪の降る朝

学校の外階段に立ちて見つ明神が岳に降る春の雪

学校の体育館の赤屋根の上に横たふ雪の大文字

登山電車

四方より闇に抱かるる谷底を登山電車が灯して走る

小涌谷過ぎて濃くなる夕闇の底に灯ともす登山電車は
前照燈をともして夜の駅に待つ登山電車は強羅をめざす

強羅へと登山電車は両腕に鷲摑みしてレールを登る

前を向く登山電車よ単線をひたすら登れ行くつきやないごぜ

海辺に住みて

湘南の果つる海辺に端居して太平洋を眺むるこころ

蚊とんぼの脚のごときを差し交しサーファーが行く大海《おほうみ》のまへ

グローブを一所に集め少年ら横一列に浜を駆け出す

海岸の堤を駆くる若者の見る見るちいさくなるに見ほれる

砂浜をありく鴉に行き会ふにとぼけた顔して首を傾《かし》げぬ

海よりの帰りの途に小店《こだな》にて冷やし中華はシマダヤを買ふ

長男も他所に住まへばテレビ観てたつる笑ひをひとり聞くのみ

娘には娘の願ひあるらしく夫婦茶碗を贈られてゐる

青紫蘇を摘みてきざめば香に立ちて硝子小鉢にすする素麵

奥湯河原温泉

見出でては手をあげホームを歩み来る娘のこゑのほがらかにして

夏空に靡く青山はたた神荒ぶりし夜の明けたる朝を

湯河原の古きいで湯に大風《たいふう》の浄めし空を浸かりて眺む

いで湯よりあがりたる身を横たふる電気仕掛けの按摩器のうへ

山菜の小鉢をまへに草枕盃を挙ぐ妻と娘と

尻をのせ湯殿のふちに見て送る夏空に浮く雲の三つ四つ

台所ついで風呂場の窓をあけ水道の水飲めば帰り来

ハノイ・ジャカルタ

踝まで覆ひて隠すアオザイの腰のあたりの肌をまぶしむ

ハノイなるロッテホテルの地階に食ふ二十五円のソフトクリーム

アメリカのヘリコプターに逃れける傀儡のひとグエン・カオ・キよ

前に立ち米軍戦車を塞ぎける飛鳥田一雄をいまに忘れず

ジャカルタの若き夫婦の朗らかに笑へりことばは分からなくとも

すれ違ふヒジャブのひとにジャスミンの香りほのかなジャカルタの夜

坐禅

肩と肩結べる線に垂線を耳より降ろし坐禅すわれは

眉と眉結べる線を両肩と平行にして坐禅すわれは

鼻端より臍へと糸を垂らすごと顎を引きてぞ坐禅すわれは

脊椎に肩甲骨をやや寄せて背中の割るる坐禅すわれは

頭脳より糞まる意識の片々を鼻の先より息にして出せ

蟹が吹く泡のごときが坐禅する脳にあふれてくるのであつた

坐禅して深む悩みをただ一語白隠禅師は愚痴と言ふのみ

能弁な頭脳が論理を組みあぐるただ言ひ訳に過ぎざるものを

どこまでも自分に都合のいいやうに分節化するわたしの言葉

居士林追懐

扁額に「説了也《ときをはれり》」と掲げける居士林道場に足組みし日々

独参より帰り来たれる道場の床にひとすぢ朝の日は差す

僧堂を出でていきなり蠟梅の香りは清《すが》し未明の闇に

ブータンの二日間戦争

インドからの分離独立を主張するアッサム・ゲリラ約三〇〇〇名は、ブータン南部に立てこもっていた。ブータン政府は、一九九七年から二〇〇三年にかけて自発的に撤去するように説得を試みたが、ゲリラは応じなかった。隣国である大国のインドは、ブータンがゲリラを擁護していると見なし、ついにブータンに最後通牒を突きつけた。二〇〇三年秋、ブータンは軍事作戦を決行。この時陣頭に立ったのは、国王であった。（以上は、ヤフーの検索による。）

みんなみの空のかなたに猫すらも仲良き国ありブータンといふ

うら若きゲリラのをみなの携ふるカラシニコフに秋風ぞ吹く

全軍を率てたたします沈痛の国王を仰ぐ七〇〇〇の兵

長老の僧ひとり立ち兵に告《の》る敵に父母《ふも》あり子のあることを

国王は勝ちて告らしし戦争にただの一つも誉れはあらずと

勝利なき戦と言へり国王は戦捷式典おこなはしめず

大国の狭間に立てる国防はただ友好と信頼のみとも

鹵獲せしゲリラの銃器は祀られぬ仏法守る仏と化して

戦ひに敗れしのちを三〇〇〇のアッサム・ゲリラ報復をせず

学園のひと

日本の金魚掬ひの四天王勝俣さんはボイラーも焚く

猪の対策について勝俣さん電話口にて警察を叱る

門衛の矢口さん私服に着替へれば古き懐かしきイージーライダー

わが緯名ゆで卵より変はるらし大涌谷の黒玉子へと

同窓会副会長がカラオケに唄へば山本リンダ降臨す

島田修三夫人告別式

妻なしとなりける島田の手を握り言ふことかある妻あるわれに

修三が「高イ高イ」と抱き上げしまみちやんに見《まみ》ゆ喪のスーツ着ぬ

こゑのみに親しき島田が妻の顔はじめて見《まみ》ゆ棺のうへから

修三が眼鏡のまへにわれはただ拳を固く握りて掲ぐ

元町のフェリス坂が目に浮かぶ会つてもないのに君らふたりが

黒髪をさらさら風になびかせて笑へよまみちやん汝が父のため

楽しかりしこの十年と聞きしかばわれはも泣かゆこゑを殺して

二〇一八年

一月

近づくるわれの面を明るうす崖のほとりに水仙の花

駅伝に活気づきたる小さき町晴れたる空にヘリなど舞つて

通りより子の手をつなぎ駅伝の小旗を提げて帰りくる人

駅員のアナウンス真似る青年の常の座席に居らずさびしき

鴨宮《かものみや》駅出でてより右側に富士山を見て走るよろこび

身体に関して

道《タオ》に言ふ混沌ゆわれは現象すサル目ヒト科ヒト属として

あかときをオートバイクの去りし音耳はとらへて目覚めよと告ぐ

朝五時のみ冬の空に月冴えて二階の窓に目を涼しうす

体内の六十兆の細胞をこんなわたしが制御し得るや

脳《なづき》とは細胞にして劣化をす上腕筋の垂るるがごとく

大方は欲に過ぎぬを自我と呼び叶わざりしを葛藤と言ふ

快楽を充たすお金と欲のこと消費と呼びて世には尊ぶ

欲望の尽くることなくわが言葉卑しきことの限りも知らず
求めもとめて何か残れる鼻糞にまるめて春の谷間へとばせ

春日家居

山道の雨上がりける日当たりを踏む感触が春なのだつた

蝶々の来たりてヒネモラの花を吸ふ四月十四日は母の逝きし日

木漏れ日のあかるき土にやすらへる紋白蝶と今日は二度逢ふ

好きだつた青きポピーの花が咲く道角のここに母はゐますか

教室に座るひとりの女子思ひ芽吹きの遅き櫟に手を置く

不細工に頭部が大きい人間のせめて眼《まなこ》は清《さや》けくあれよ

これからが辛かろうぜと毛虫どち道に落つるを草の葉に載す

仮住まひ

自宅を改築す

アパートの二階に仮の住まひして母の写真をテーブルに立つ

アパートの踊り場に立つ朝六時山を仰ぎて路へと下る

春の雨あがりし道に提げてゆく袋にトイレマジックリンひとつ

立ち喰ひは箱根そばより富士そばのつゆやや濃くて富士そばが好き

洗濯機回る音すらうたた寝に母在りし日の音とし聞こゆ

ＣＭもテレビも若く「リボンちゃん、リボンジュースよ」母も若くて

二階堂の瑞泉寺にて「まひる野」の編集。

瑞泉寺の和尚の摘みし早蕨の苦みぞうまき春を重ねて

そら豆のしやくれた顎は、あ、さうだ、宇野重吉の頬笑みし顔

まるいのが完全ではない幾十年そら豆を食ひ思ひいたりぬ

瑞泉寺の山より出でし真実は曲がりくねつた自然薯である

横浜のベイ・クォーターをポロシャツの衿立てて行く昭和丸出しに

はじめてのレジメンタルを元町のポピーに需めし生意気盛り

憧れのＪプレス着しアイビーの若きらは死すベトナム戦に

愚かではあつたが狡くはなかつたな夜中に線路を歩いたりして

長歌　救急搬送

ＴＯＴＯの洋式便座を　抱きかかへ嘔吐すること　四回五回。唐突に　発作は来たり、天井を　仰げば回り、めくるめく　学校の床、辿り着く教員トイレに　あはれこの様。
救急の　車も朧、検査室、巡りて戻る　病室に　妻が顔見ゆ。力ある黒き瞳と　目を合わせ、再びを　眠りに落ちぬ、点滴のまま。
帰り来し　わが家の床に　目覚めては　目眩のなきを　確かめて、隣室に　歩みて見るに、長男は　振り向きて笑み　その嫁は　そばに正座す。末の子の　泣き虫あゆみは「良かつたね」と　言ひてほほ笑む。力なき　パジャマのわれに　この家族あり。風通ふ　窓辺によれば、山青く　雀児は鳴く。わが心　のどにやさしく　安らかにあり。目覚めたる　明くる日の昼。素麵の妻の茹でしを　音たてて　啜れば旨し。何事に　身構へけるか、何者を　恐れたりしか、常なるわれは。才もなく　病に伏する　このわれに命ありけり、家族ありたり。

反歌

薔薇の花　折しも瓶に　二つ咲きたり。

てのひらを軽くひらきて確かむるこの指先に脈打つものを

父

ちちははが障子の向かうに話しし夜それからそれから祖母は逝きたり

煙上げ居間の隅にて祖父が居る黄色い「いこい」の箱まへにして

牛角にカルビを焼けばぼうぼうと思はゆ戦後を鬱病みし父

兵隊を殴らなかつたのではなく殴れなかつた父に会ひたし

卓袱台にトリスを父の飲みし夜子ども心にせんさうは惨

知らざりし戦《いくさ》か父は読み継げり『レイテ戦記』を病みて臥しつつ

山道の傍《はた》に苔むす小さき岩　ああ、父さんはここにゐますか

ちちのみを蔑せしわれにわが妻はやさしかりける思ひ出のみ言ふ

晴るる日も壁に向かひて病み臥せる堪へし心を言はざりし父

球根のチューリップに花咲かせける父のやさしさにわれは劣れり

父の忌日

戒名に信士をつけぬ理《ことはり》を蓮光寺住職説きしに忘る

祖父と祖母時を経て父やがて母港の見える墓地に眠りぬ

隧道《トンネル》をくぐれば元町中華街墓地の帰りを親族《うから》と下る

浜つ子の父の忌日をいまはなき安楽園にて鯉食ひにけり

ビルの裏伝ひてゆくに饅頭の湯気は立つ見ゆ広き通りに

叉焼を吊るして鬻ぐ店先に跡取り息子エディ藩《ばん》見き

中華街市場通りを抜け出でて清風楼にシウマイを買ふ

食物

里芋の煮つけを食へば会堂の席にかすかに線香匂ふ

花札を学生われらと引きしひと遺影となりぬわが友の母

北海のとどろく潮《うしほ》に洗はれししししやもが二匹皿にかがやく

北海の若きししやもを手にとりてその頭から歯に嚙みて食ふ

冷かはた温か躊躇ふパネルのまへ立ち食ひ蕎麦屋の春のことぶれ

七回がうちの五回はかき揚げの蕎麦を誂ふ富士そばのまへ

舅のことば

夏川にわたす鉄橋の下《もと》にゐて工兵たりし舅《ちち》をし憶ふ

泥川に浸かりて担ふ板の上トラックわたすそれが工兵

丸腰で歩兵の前を進むのさ工兵に長男は少なかつたな

死ぬる数前提として作戦を立つる者はた下命する者
上官の嫌な野郎を背後より撃つのもゐたささそれが戦争

二度征きてその帰るさの二回とも魚雷一本に沈められたり

信濃なる佐久より出でし一工兵生き残りけり部隊に三たり

平成の世に逝きし舅今上に昭和のすめらみことにも触れず

かの苦難忘れませんとテレビ言ふ忘れたかりけむ工兵の舅

国を賭けたたかふ軍《いくさ》といふけれどけだもの以下に兵をなさしむ

秋の浜

海辺へとつづく小みちにふりそそぐ秋のひかりに歩みを運ぶ

家いへの裏を流るる街川をきらめきながら秋風は吹く

得るもののなにもののもなき海に来て満ち足りてゐる海の空気に

大空は綿飴製造器械にてＸＬの秋の白雲

砂浜のここより沖の果てまでもさへぎるもののなき秋の紺

とどろける波際に立つ棒きれは立てたるものの意志のごと立つ

まぶしさもほどよく曇る秋の海西の空には晴れ間が見える

すわりたる背のあたたかし秋の海生まれる前から見てゐた気がする

舟虫よ元気でゐるか怖がりしひとり娘も嫁に行つたよ

まるくなく繊くもあらず横雲のかかれる月や母の横顔

ゆくりなく眼鏡をはずし見上ぐるにあつ、母の顔秋の夜の月

息子と娘

息子には要らなかつたな「我を張るな」とはこの父が言はれてきたり

子と酌みてきりもあらねば「お先に」と座卓のうへに手をつきて起つ

訪れし娘と息子に誂へる出前のひとつは今もさび抜き

大きなる米の袋を積みこみし自動車の子を妻は見送る

キッチンに立てる娘のスカートの裾より伸びる脛を眩しむ

わが妻は米の袋と四つに組み娘のもとへ送らむとする

沖縄・イラン

特別ノ御高配アレつて言つたのに黒き紫陽花咲く沖縄忌

紫陽花の花が頭蓋に見ゆる日よ沖縄人《オキナハビト》ハカク戦ヘリ

沖縄ノ青壮年はことごとく日本人トシテ戦フと

敵艦の手前にぽちゃんと墜つる機をテレビに父の肩越しに見き

冷え冷えと夜が明けてゆく国防総省《ペンタゴン》アメリカ兵の死を計算す

顔のなき数字と化して自国兵敵地に死ぬる作戦が立つ

戦はばアメリカ兵の一五〇〇イランの砂漠に死なむとすらむ

大統領ドナルド・Tは国民を金を欲しがる民に貶む

似合はぬと美子《はるこ》皇后言つたとか白馬に跨る軍装の君

他人様《ひとさま》の家に土足で上がることオン・ザ・ブーツと英語では言ふ

傭兵と有色人種《カラード》を先ず死地に遣るそんな戦争嫌《や》ぢやないですか

平成

戦ひはここにありきと天皇は海に礼《ゐや》せり寄り添ふひとと

天皇は大和人《やまとんちゅう》の身代りに火炎瓶もて襲はれにけり

天皇はわれらがひとごのかみとして田に稲を植ゑ乾盃もする

かの家の遺伝ならむか父に似てやや猫背にて盃を挙ぐ

フィリピンの沖にいちどは沈みける舅《ちち》は言はざりき天皇が上

沖縄の人の心を金をもて汚《けが》しつづけし昭和の続き

欲望を外に求めて狂ほしき昭和平成われもあさまし

天皇の陰に寄り添ふかの人の残生の幸願ふ人われは

けふのいのち

秋されば山のもみぢの赤くなるそのおおもとの尊くもあるか

この山はいつも動いてゐるものをつひに銀杏が黄金《きん》に燃えたつ

木木の間を見つつしくだる山の道二つのまなこに海を湛へつ

目がさめてあつ、秒針のきざむ音耳からはじまるけふのいのちは
足のゆび順にうごくをたしかめてひとり楽しくふとんに起きる

勢ひよく尿《いばり》を放つ冬の朝撥ねて便座の外へと飛べり

街ひとつ濡らして時雨の過ぎ去りし午後の時間をてのひら浄し

白壁の天守を照らし小田原の冬の海より朝日がのぼる

歳晩雑歌

弁当を新聞紙《しんぶんがみ》に包みし頃護美箱のふたは木製なりき

味噌汁の鍋に嵌りしといふけれど赤子のわれに何がどうした

犬の糞《ふん》道に踏むことなくなりて靴底擦《こす》る草とてもなし

長靴に水たまり踏むつれづれを失ひし子ら指《および》の忙《せは》し

番場の忠太郎

ＢＳゆ洩るるにさしぐむわれがゐる「あたしにやくざな息子はゐないよ」

地面より台所へと引かれたる水道管は凍りて立てり

大掃除五首

水をもて局所を浄めあまつさへおのづから流すわれら尻目に

噴射する便器の奥に黴の生ふ汚るるはけだし生きゐるあかし

ふはふはを長き柄に付け叩《はた》くにも掃くにもあらず撫でて了れり

排水口の細かき孔《あな》の黒ずみを取らずんば豈已むるものかは

よく飲んだあくる朝《あした》に自販機にアクエリアスが売り切れてゐる

教室

すまなかつたが元気が出たぜ鉛筆を机に叩きつけしその音

二〇一九年

新年

体内の六十兆の細胞がけさ潑剌と新年を迎ふ

厠からもどりてふとんにもぐりこむ元旦八時は起きずともよし

新年の朝をふとんにくるまりしわれのお臍が笑はむとする

元旦の風呂に浸かりて換気扇軽がる回る音を聞きゐつ

この家に妻と暮すも新年の朝のはじめに会ふは照れたり

部屋に敷く使ひ古ししカーペット冬の日差しをいたく喜ぶ

駅伝の駆け抜け去りし正月のしづけき街は銃後にあらず

死ぬんぢやない

水兵がブルックリンの街角にキスせり、若いの死ぬんぢやないぜ

生きてやれ何がなんでもロビンソン・クルーソーより学びたりしか

廃人の田代まさしは然りながら尾崎豊の自死をゆるさず

死ぬ気ならできると言つたことがある死ぬ気になつたことがないのに

弁がたち計算達者な男にはあらざる息子をひそかに誇る

小さき髷着物に白き割烹着明治はテレビの前に正座す

鉄樹花開く

こごしかる枝を内より破りたる白梅《しらうめ》のこゑに胸はとどろく

根源のえねるぎーにて現象しわれら生き延ぶサル目ヒト科

知らぬ間にわれは生まれて一粒の米も作らず食ひて生き延ぶ

ことごとく命をかけて泥の中われらがために蓮根は生く

てのひらにご飯をつつみ握りける幸子さんを思ふ銀紙展けば

ジャカルタの街に見かけし人の顔思ひうかべてマンゴーを食ふ

届きたるメールに思ふ渋滞の幾百台のなかの一台

落としたりレンジに掛けたりあいすまん弁当の蓋罅割れてゐる

春日回想

幸子さん妻に迎へし借家《かりいへ》は神社の裏にて跡形もなし

蕗の薹土に出づるを驚きて摘みける妻もわれも若かりき

若草の妹と棲みける借家にかよふ小道にすみれの咲けり

自転車を押して登りて来る妻を縁側にゐてわれは手を振る

裏の木の柿の若葉につつみてぞ鮨を握りし妻が若き手

春の雲うかべる山の裾に棲むわれらは土に豆の種蒔く

日曜の遅き朝餉に絹さやのわが手に摘むを汁にして食ふ

遺失物

網棚に置き忘れける靴ひとつ足は歎かず古靴履きて

あの靴が欲しいと言つたこともなし偏平足の右も左も
失くならぬ大事な物はわたくしの股の間にくつついてゐる

提灯に灯のともるころ肝臓に今夜は飲むなと叱られてゐる

中穴を狙ひて貧乏臭きかなジャンパーの肩雲に打たす

生かされてゐると奥歯の一本が抜けるときにはわからなかつた
大空へ還すものだと抜けた歯を高く抛りき直き心に

他愛なきこと

佃煮の海苔をいささか舐めながら憂ひなき朝の飯を食ひ終ふ

水道の蛇口の栓を締むるとき指のさきまで血はめぐりたり

文明が子を率て来たる三越の小便所に立つ歌にひかれて

あしびきの山のむかでやみみずどち喜ぶらむか梅雨に濡れつつ

「先生」と呼ばれて見下ろす階段に中三女子が言ふ「呼んだだけ」

夏さればキンチョールこそ思はるれ水原弘はくちびるのひと

夏の祭り

開け放つ窓より通ふ湿り気を帯びたる風に潮《うしお》の香る

小港《こみなと》の祭りは縄を道に張り折り目正しき幣《ぬさ》を垂らせり

通りより祭囃子の流れ来る路地をこどもの神輿が渡る

「今日も雨」、その「も」はほんとか今日だけをふる雨粒に傘を掲げる

神輿昇く坊主頭に赤鉢巻きつと蛸つてあだ名とおもふ

掃除をした夏の日

照りつける日差しきびしき生垣に一輪涼し朝顔の紺

浜辺にて

一列につづきて二列三列が浜に砕ける夏の白波

堤防に海を睥睨するときに寂しからむや金正恩も

娘が里帰りした

手拭ひより少し大きなバスタオル幼き娘を巻きて抱きけり

つなぎたる手の感触を忘れしを隣る娘にいまさら言へず

突然にアナクレオンの死は悲し　ずうつとずうつとむすめに会へぬ

掃除は滅多にしない
ベランダの洗濯物に雨がふる自分が洗つたものなのである

ころころと蠅取紙の原理にて床なる塵を浄めつつあり

頑固なる風呂場の黴にカビキラーふりかけしかばあと五分待て

一段を拭きて一段また拭きて掻きたる汗をシャワーに流す

階段の隅に埃の溜まれるをもう終つたから見て見ぬ振りす

クーラーをかけて畳に寝転びぬわがコロコロと浄めたる部屋

曇りたる朝のトイレに目は遊ぶ一輪挿しにひまはりの花

海に、赤とんぼ

海に来たときより帰つてゆくときに軽くなつてゐるこころの借金

死ののちにとんぼになつても海からの風に吹かれてゐるのであつた

浜の大木

先駆けて砂浜にとぶ赤とんぼ秋が素足で海よりあがる

台風が近づく予報の砂浜にだからなんだと丸太がひとつ

カステラは一番餃子は五十番海辺の風はみんな平等

握りたる拳ひらけばてのひらに秋の日は満つ海のほとりに

秋風の拭きぬけてゆく砂浜に坐る体温しみじみ温し

大木は浜に上がつてそのまんま一言でいへば欲のない人

思ひつくことばはみんな自己都合浜辺に寝れば風が大きい

孤独なる鳶といへども秋空に脊椎のあるものは美し

ひさびさに山へ

杉の木に凭れてすわる人間のわれより遠き祖をもつ木ぞ

木を指して中にほとけがゐますとぞ言ひまししひとの名は伝はらず

アスファルト剝がれてしまひし土のうへ飛蝗が冬の日を嚙んでゐる

父さんの頭のやうな岩がありこのふた月の無沙汰を詫びる

岩として生れ出でたる暁にこの山道に坐りつづける

立ちあがり岩のかたへを去らむとす近ぢかお目にかかると告げて

食ふ

函館の秋の潮のはぐくみし鰤の香りが口にひろがる

石鯛のすきとほりたる一切れは美しき虹残して消えぬ

炒めたるソースの香る焼きそばは休日の日の母の思ひ出

大きなる粒の筋子を舌にのせ田酒をふふむ青森の夜

品書きに入荷待ちとぞ書かれたる田酒はねぷたもそつと呑む酒

手作りの梅干しをいただく

晒しける箱根の山の日のひかり梅干しの種しやぶりてぞ恋ふ

散歩

石垣のほとりに集まる冬草のひとつひとつを日差しが照らす

冬晴れの空ひろがりてベランダの竿に布団が日光を浴む

男の子に「よしなさい」とぞ女の子舌足らずにしてきつぱりと言ふ

ルノワール描く娘の胸のごと豊かなる雲冬空に浮く

めつきりと葉つぱの数が減つたねと禿頭のわれ楓を見上ぐ

家に帰りて

朱の皿の栗羊羹をわが妻は小さき歯をもて食ひ終はりたり

背を丸め珈琲を飲むわが妻は洗濯物を干し終はるらし

極月家居

かこち顔なるわがまへをいちまいの赤いもみぢがさらりと散つた

枯枝がことごとく空を指してゐる冬の銀杏は前向きである

夕べには娘夫婦が来るといふ玄関先を掃いたりしてゐる

父親はおやであるのか二人子を産みて育てし妻は痩せたり

玄関に白き桔梗の活けられて御帰りなさいませと言ひたり

忙《せは》しくてカップ麵食ふ大蔵を日清食品にお礼を申す

高麗山《こまやま》と千年まへから呼ばれたりもちろんずつと前からあつた

ポピュリズム

分け前をよこせと民の言ふからにグローバル世界に国は争ふ

スミスの言ふ利の追求が公の富を増すとはイギリスのこと
本国と植民地との差異ありきその後も差異を作りつづけて

じぶんだけ得して損はしたくないアメリカはかく落魄れたるか

両足尊

地上には霜降るらむか布団から出てゐる足を朝日が照らす

朝六時湘南電車はあたたかく今朝一番に感謝すること

甲高で偏平足のこの足が枯葉を踏んで山に楽しむ

頑張るは歌舞伎役者が見得を切ることにてそれは見せたくはなし

道角を曲がりてすぐに山茶花が胸の高さにくれなゐに咲く

冬枯るる林にわれに飛びて来る羽もつ虫のいとしくもあるか

極楽がいつかどこかにあるとして紅葉散るらむいまこの様に

山道が急な下りにかかるまでこの足のこと忘れてゐたり

昨夜《きぞ》の雨あがりし山にいきいきと二本の足は泥濘《ぬかるみ》を踏む

山道に足どりかろきわが足よコンクリートの道は辛かろ

山道をこけず滑らずおりて来ぬ両足尊とみほとけを呼ぶ

あとがき

私は、作歌を始めてからこの方、折に触れては西行の歌に親しんできた。いまでも『山家集』は、手の届くところにある。とくに出家をする前後の若い西行の歌に、若かった自分は心を奪われた。用意された恵まれた人生を捨てて、自分の生き方を求めてゆく激しい情熱に惹かれたのである。

一方で、同じ頃に、私は禅に心をかたむけていった。当時の私の心の中で、この二つは密接に繋がってはいなかった。けれども、両者の体験は、それを積むにつれて、切り離せないものとなった。つまりはどう生きてゆくのか、という問いが私の心を離れなかった。こういうとなんだか深刻めくが、私にとってそれは自然な成り行きのように思われた。私は、その問いを提げて、参禅し、歌を詠んできたのである。

この歌集のモチーフも、その範囲内のものである。歌集には二〇一五年から二〇一九年までに詠んだものを収めている。モチーフは同じでも、この間に思ったこと、感じたことは、それなりに経験を積んだこともあり、今までとは違う、新しいところがないわけでもない。

私たちは、現代のグローバル化された情報化社会に暮らしている。そこでは、広範な場から、夥しい情報が、迅速に私たちに届けられる。しかし、それよりもひと回りもふた回りも大きな場に、私たちは生きていることに気づいたのである。地球が誕生してから四十五億年、生命が誕生してから三十五億年といわれている。それ以来、地球も生命も存続している。この私の命がその証である。私たちは、宇宙を生成している働きによって、生きているのである。私たちは自然の一員であり、自然を離れては生きていけない、と言えばいいのかもしれない。説明がいかにも稚拙であるが、私は、その働きを、呼吸を通じて、はっきりと感じることができる。そのからだで感じたことが、この歌集の中のいくばくかの歌として現れていることを、作者としては願うばかりである。

この歌集は、砂子屋の田村雅之氏の長きにわたる励ましによって、刊行の運びとなった。感謝申し上げます。また、倉本修氏が装丁して下さることになった。手に取るのが、いまから待ち遠しい。

なによりもまひる野会の皆さんがおられてこそ作歌を続けられたのであり、ここに深く感謝いたします。

二〇一〇年二月

柳　宣宏

まひる野叢書第三六九篇
丈六　柳　宣宏歌集
二〇二〇年四月一四日初版発行
著　者　柳　宣宏
神奈川県中郡大磯町大磯一八八八―五（〒二五五―〇〇〇三）
発行者　田村雅之
発行所　砂子屋書房
東京都千代田区内神田三―四―七（〒一〇一―〇〇四七）
電話　〇三―三二五六―四七〇八　振替　〇〇一三〇―二―九七六三一
URL　http://www.sunagoya.com
組　版　はあどわあく
印　刷　長野印刷商工株式会社
製　本　渋谷文泉閣